E. BESSIERE & R. DE NOTER

L'Ile de Nénuphar

CHINOISERIE EN UN ACTE

Musique nouvelle et arrangée par M. CAMILLE ROBERT

Mise en scène de M. DERVIL'S

Représentée à l'Excelsior Concert le 1er Février 1901.

5 H. 2 F.

PARIS

C. JOUBERT, Editeur, 25, rue d'Hauteville.

Anciennes Maisons BRANDUS & JOUBERT réunies

C. JOUBERT, Successeur

ÉDITEUR DE MUSIQUE

PARIS. — 25, Rue d'Hauteville, 25. — PARIS

RÉPERTOIRE

DES OUVRAGES DE CONCERT EN UN ACTE

ABRÉVIATIONS : D. Veut dire du répertoire de la Société Dramatique, 8, rue Hippolyte Lebas. — Le surplus appartient au répertoire de la Société Lyrique, 10, rue Chaptal.

LOC. Veut dire : La musique n'est qu'en location et ne se vend pas.

Opérettes et Vaudevilles de Concert

AUTEURS	TITRES DES ŒUVRES	Hommes.	Femm	Prix nets
Saint-Maurice	Abricot (L') d	troupe	»	loc.
D. Campisiano	Absalon	2	1	6 »
Vallès-Garnier	Affaire Cœurdevau (L')	5	1	loc.
F. Bernicat	Agence Rabourdin (L')	1	1	5 »
Japy	A huitaine	troupe	»	5 »
C. Roland	Aiguilleur (L') d	1	1	loc.
Bessière-Ruffier	Ami Vannière (L') d	7	6	loc.
G. Street	Amour en livrée (L')	3	1	5 »
Desormes	Amour et l'appétit (L')	1	1	4 »
Vallès-Garnier	Amour et sauvetage	3	2	loc.
A. Petit	Amoureux d'Yvonne (Les) d	5	3	loc.
V. Roger	Amour Quinze-Vingt (L')	3	1	4 »
Bottin, Boulay-Layrice	Amours d'un pigeon (Les)	3	2	loc.
Desormes	Antoine et Cléopâtre d	2	1	4 »
Bessier-Moreau	Aphrodites (les) d	4	8	loc.
Dorfeuil-Moreau	Après la vie de Bohême d	troupe	»	loc.
J. Emmecé	A qui le gosse?	troupe	»	loc.
Monnery-Marien	Argot tel qu'on le parle (L')	5	3	loc.
M. Chautagne	Arracheuse de dents (L')	2	1	4 »
Boerel, Roydel, Maujardin	Artistes pour rire d	6	4	loc.
Géraldy	Ascension du Mont-Blanc (L')	1	1	4 »
L. Martin-Duhem	Auberge du Tambour battant (L')	2	2	loc.
Oudot-de Gorsse	Au chat qui pelote d	troupe	»	loc.
Banès	Au Coq huppé	3	2	5 »
Uzès	Au soleil d'or d	3	2	6 »
Lebreton-Moreau	Au temps des cerises d	5	3	loc.
Guérineau	Auteur par amour	1	2	5 »
Lebreton-Moreau	Autour d'une guérite d	3	2	loc.
Henry Moreau	Avant le bal	1	1	3 »
Colange, Garofalo, Combret	Baba Bouzouck d	5	6	loc.
Deransart	Baigneur et nageuse	1	1	3 »
Antigeon, Boerel-Roydel	Baigneuses de Cocotteville (les)	5	9	loc.
Les erra...	Barbe-Bleue	1	»	2 »
Raicée-Tranchant	Bataillon Desroches (Le) d	10	10	loc.
Antigeon-Desplan	Battage (Le)	2	4	loc.
A. Moyne	Béguin d	2	1	loc.
Lebreton-St-Paul	Belle-mère est sans pitié (La)	2	2	loc.
Moreau-Touzé	Belle-mère, nouveau jeu	1	3	loc.
Wachs	Bibi ou l'Enfant de l'Amour	1	»	4 »
Cellier-Joullot	Boudoir discret d	2	1	loc.
Moreau-Gramet	Bougnol et Bougnol	4	2	loc.
Villebichot	Roum! Servez chaud	3	2	4 »
Hubans	Brelan de bègues	2	1	5 »
F. Bernicat	Cadets de Gascogne	troupe	»	7 »
Banès	Cadiquette (La)	1	1	5 »
Javelot	Cahno amoureux	2	1	3 »
Chevalet-Audray	Canne d'un grand homme (Le) d	2	2	loc.
Lebreton-Moreau	Ça porte bonheur	5	3	loc
V. Herpin	Capricorne (Le)	troupe	»	loc.
F. Barbier	Carmagnole (La)	3	3	5 »
Lebreton-Moreau	Carnaval conjugal (Le) d	9	9	loc.
Antigeon-Desplan	Cascadin et Cie	6	5	loc
Chabaud, Colonge Tranchant	Ce pauvre Bobinet	2	1	loc.
E. Soudant	Ces canailles de couturières! d	6	6	loc.
Chelu	Chambre à louer	1	1	2 »
Cuvillier	Chambre à part d	4	2	loc.
Henry Moreau	Chambre de bonne d	3	2	loc.
V. Roger	Chanson des Écus (La)	3	1	4 »
P. Henrion	Chanteuse par amour (La) d	»	1	6 »
E. André	Chaos (Le)	1	1	4 »
Moreau-Boucherat	Chasse royale d	troupe	»	loc.
Lebreton-Moreau	Chasseurs Alpins (Les) d	6	6	loc.
Cientat	Chaste Suzanne (La) d	troupe	»	4 »
Yvel	Chéri des Dames	troupe		loc.
Bourel, Roydel, E. René	Chevalier Tric-Trac (Le)	2	8	loc.
Bourel-Roydel	Chez la Costumière d	troupe	»	loc.
Meynard	Chez le dentiste	3	1	8 »
Lhuillier	Chez les Corniquet	1	»	1 »
C. Rosenquest	Chicard et Bébé	1	1	4 »
Bomier	Chien et Chat d	4	1	5 »
Boulay-Layrice	Choc en retour d	2	2	loc.
Moreau-Gramet	Cinq contre un	3	3	loc.
Villebichot	Cirque Ponger's (Le)	troupe	»	6 »
Bessière	Clou (Le) d	2	2	loc.
L. Collin	Coco Bel-Œil	3	1	6 »
A. Petit	Cocotte et chiffonnier	1	1	5 »
Villemer Delsel et Péricaut	Colosse de Rhodes (Le)	3	»	4 »
A. Petit	Confections pour dames	2	4	5 »
Lebreton-Moreau	Conscrits bretons (Les) d	7	5	3 »
L. Collin	Conscrit tyrolien (Le)	1	1	3 »
E. Brasseur	Constat d'adultère	6	3	loc.
Habrekorn et P. Marc	Contes de Piron (Les)	2	10	loc.
Lebreton-Moreau	Contrôleur des Wagons-Bars (Le)	5	3	loc.
Lebreton-Moreau	Cote et Cocottes	4	4	3 »
De Roze et d'Arsay	Culotte du marié (scène) (La)	1	»	1 »
Lebreton-Moreau	Dans cent ans d	troupe	»	loc.
Sourilas	Dégraffée d	3	3	5 »
Cellier-Gramet	Demoiselles Plumemboy (Les)	3	4	loc.
Marc Sonal-Pierre Laurey	Départ du régiment (Le) d	5	10	loc.
L. Lefèvre	Dernier verre (Le)	2	1	4 »
F. Barbier	Deux amours de chandeliers	1	1	5 »
F. Matz	Deux avares (Les) d	2	1	8 »
Ch. Hubans	Deux coqs vivaient en paix	2	1	6 »
F. Gracia	Deux estafiers (Les)	2	»	2 »
Vallès-Garnier	Deux femmes de M. Grochose (Les)	3	2	loc.
M. Chautagne	Deux muses (Les)	2	»	4 »
F. Barbier	Deux parfaits notaires (Les)	2	»	4 »
Hervé-Lecocq	Doux portières pour un cordon d	2	»	4 »
Moreau-Boucherat	Diable au Moulin (Le)	4	8	loc.
Gramet-Tulher	Doigt coupé (Le)	troupe	»	loc.
Léon Laroche	Domestique pour rire (Un)	1	1	4 »
Saint-Maurice	Doubles Vierges (Les) d	troupe	»	loc.
Sourilas	Drapeau jaune (Le) d	4	2	4 »
Bouvet-Sevry	Dupont et Dupont	4	3	loc.
Bottin, Boulay-Layrice	Durifiard	5	2	loc.
J. Domero	Ecole buissonnière (L')	3	»	3 »
Treblu-Croisier	Eh! Ohé! Ladrupette! d	4	1	loc.
Ed. Lhuillier	Elle débute ce soir	1	»	4 »
Delaruelle	El senor Piflardino	1	1	6 »
Marsuy	En colonne d	troupe	»	loc.
Lebreton-Moreau	Enfant des halles (L') d	3	2	loc.
Jallais Hubans	Enlèvement des Sabines (L')	troupe	»	loc.
Guillemand-de Marsan	Enfants d'Édouard (Les) d	2	3	loc.
Lebreton-Duroc	Enragés d	4	4	loc.
Villebichot	Entre deux jardins	1	1	4

L'ILE DE NÉNUPHAR

E. BESSIERE & R. DE NOTER

L'Ile de Nénuphar

CHINOISERIE EN UN ACTE

Musique nouvel'e et arrangée par M. CAMILLE ROBERT
Mise en scène de M. DERVIL'S

Représentée à l'Excelsior Concert le 1ᵉʳ Février 1901.

5 H. 2 F.

PARIS

C. JOUBERT, Editeur, 25, rue d'Hauteville.

L'ILE DE NÉNUPHAR

Chinoiserie en un Acte

DE E. BESSIÈRE ET R. DE NOTER

Personnages

NÉNUPHAR XXXIV, roi de l'île.	MM.	Ransard.
BA-GA-TEL, médecin et bouffon de Nénuphar		Dervil's.
ANATOLE, capitaine de navire marchand		Naudier.
THERMOMÈTRE, matelot		Kambon.
NIB-DE-RIEN, 1er eunuque.		Charland.
KA-BO CÉ, 2e eunuque, (ad libitum)*.		Brunius.
MIMIDJA, fille de Nénuphar.	Mmes	Vontigny.
BELLEDJA, amie et suivante de Mimidja.		Boisselot.

Figuration (ad libitum.)

FEMMES DU HAREM		Adalbert.
		Fleurange.
		Daubigny.

L'action se déroule dans l'île de Nénuphar, dépendant des États camphrés de Chine.

Le jardin du roi Nénuphar. — Au centre de la scène un vase contenant un bouquet composé de globes électriques blancs au début. (Ils changent de couleur et deviennent rouges à la scène XIII.) Cette fleur semble gardée par deux Boudha, placés sur des piédestaux, de chaque côté de la scène.

SCÈNE PREMIÈRE

Belledja 2), **Mimidja** (1) **Nib-de-Rien** (3), **Femmes du harem.**

(Au lever du rideau les femmes sont agenouillées devant les Boudha Nib-de-Rien, armé d'un plumeau gigantesque, époussette les statues.)

CHŒUR *des femmes agenouillées.*

Air : refrain : *La chanson arabe.*

Fleur mystérieuse,
Réponds (ter) de suite à notre appel,
Nous somm's amoureuses !

Nib-de-Rien (3), *venant en scène à droite, au public.*

Ell's attendent le grand dégel !

Les Femmes, *tendant les bras.*

Nous te tendons les bras.

Nib-de-Rien, *au public, riant.*

J'en reste tout baba !

Les Femmes

Aie pitié d' notre état,
N' nous laiss's pas dans l'embarras

Nib-de-Rien, *au public.*

Je n'ai jamais vu ça !

Les Femmes, *se relevant.*

Hélas ! mille fois hélas !
Les fleurs ne changent pas !
Hélas ! Les fleurs ne changent pas !
(On entend sonner dix heures.)

Nib-de-Rien

Allons, mesdames, voilà dix heures ! vous avez suffisamment arrosé la terre... de vos pleurs... Faut réintégrer l'harem.

* *Ce rôle peut être doublé avec celui de Thermomètre.*

TOUTES, *soupirant.*

Boudha ! grand Boudha, protège-nous !

NIB-DE-RIEN, *levant son plumeau dont il les menace.*

Allez ! allez ! circulez ! Sans quoi sur l'ordre du patron, j'vas vous épousseter d'importance.

TOUTES, *soupirant.*

Qui nous tirera d'embarras ?
(*Elles sortent par la gauche.*)

NIB-DE-RIEN

(*Reprise.*)

Je n'ai jamais vu ça

LES FEMMES

Hélas ! mille fois hélas ! *etc.*
(*Sortie des femmes.*)

SCÈNE II

Nib-de-Rien, *puis* Ba-ga-Tel, Ka-bo-Cé.

NIB-DE-RIEN, *seul.*

Oh ! l'amour ! ce que ça fait faire de bêtises !.. si encore toutes ces petites femmes-là faisaient comme bibi... Lorsque je pense, que depuis six mois, dans toute l'île, ce ne sont que jérémiades et pleurs qui s'exhalent des poitrines et des yeux de tout le sexe féminin, alors je me dis : que nous autres hommes, nous avons plus de patience... pour supporter notre misère !.. Il est de fait que depuis six mois, l'île du Nénuphar est sous le charme... grâce à cette fleur endiablée ! grâce à elle, seule tous les habitants mâles sont devenus de vraies marmottes... ils dorment tout le temps et ces... dames s'en plaignent... y a qu'moi qui n'dis rien... et pour cause...

BA-GA-TEL (2), *entrant de droite suivi de Ka-bo-Cé portant un grand plumeau.*

Tu dis, Nib-de-Rien ?

NIB-DE-RIEN (!)

Je parle de l'amour et du courage... du courage et de l'amour.

BA-GA-TEL (2).

Ferme-ça... ne parlons pas de ce qui n'existe pas.

KA-BO-CÉ. *allant épousseter les Boudha (3).*

Ce qui n'empêche que ce qui n'existe pas fait bougrement parler de lui.

BA-GA-TEL

Exact ! exact !

NIB-DE-RIEN

C'est géométrique comme exactitude.

BA-GA-TEL

Que veux-tu que nous y fassions !

NIB-DE-RIEN, *venant en scène.*

Pour mon collègue et moi, passe encore...

CA-BO-CÉ

Mais ces pauvres petites chattes... qui attendent anxieusement que ce bouquet change de couleur.

BA-GA-TEL (2), *au milieu.*

Que nous importe, puisque nous n'y pouvons rien.

NIB-DE-RIEN (1), *à gauche.*

Assurément... pour ma part j'm'en fous.

CA-BO-CÉ, *à droite.*

Et moi j'm'en contre-fous. (*Il vient en scène*). Puisque par l'ordre du roi Nénuphar XXXIV, nous avons sans cesse la flemme, au point de ne plus pouvoir agiter nos plumes.

BA-GA-TEL

C'est le sport des eunuques.

NIB-DE-RIEN

Si pourtant la fleur mystérieuse venait à changer de couleur, ça simplifierait sans doute la situation.

CA-BO-CÉ, *agitant son plumeau.*

On pourrait peut-être les agiter, alors.

BA-GA-TEL, *riant.*

Ah ! ah ! ah ! Non, tu perds la boule ! Te figures-tu que tu dégelerais... Ben, mon vieux, t'en as une de santé, qui n'est pas ordinaire.

NIB-DE-RIEN

Le fait est que je me porte assez bien ..

CA-BO-CÉ

Et moi j'engraisse même...

BA-GA-TEL

Ne sois donc pas aussi bête... tu sais bien que cette odeur du Nénuphar, comparable à celle du camphre à supprimé le courage à tout le monde, sauf aux femmes, et que les hommes sont des bateaux sans voiles. Quant à toi, gardien du harem de Sa Majesté, tu n'as plus rien à espérer... pas plus que Nib-de-Rien.

NIB-DE-RIEN et CA-BO-CÉ

Hélas !

BA-GA-TEL

N'ayez plus d'illusions à ce sujet... *(Au public.)* C'est comme Nénuphar, il a 62 ans et encore toutes ses illusions... il est presque gaga... ce qu'il doit en rabattre... de ses prétentions ! Oh ! là là !

NIB-DE-RIEN, *qui est remonté.*

Pet ! pet ! v'la l' patron. *(Il va, ainsi que Ca-ho-Cé se mettre en faction près des statues)*

BA-GA-TEL, *au public.*

Ce que je vais te l'attraper, le vieux birbasse ; avec ses prétentions libidineuses.

CA-BO-CÉ, *à Nib-de-Rien.*

Garde à vôs ! *(Ils présentent les arme avec leurs plumeaux.)*

SCÈNE III

LES MÊMES, Nénuphar.

(A l'entrée de Nénuphar, Ba-ga-Tel fredonne.)

NÉNUPHAR (1), *entrant de gauche, aux eunuques.*

Place !... repos !... *(Il va frapper sur l'épaule de Ba-ga-Tel qui chantonne.)* Ah ! ah ! je te trouve enfin, Monsieur mon bouffon-médecin... il paraît qu'on est gai ?...

BA-GA-TEL (2), *se retournant.*

Ah ! pardon Sire !... je ne vous avais pas vu venir... Voici plus de vingt minutes que je me fatigue les paupières à vous chercher partout et que je fais le poireau en vous attendant ici.

NÉNUPHAR, (1) *riant.*

Nous courions l'un derrière l'autre.

BA-GA-TEL (2)

Je trouve ça idiot...

NÉNUPHAR

Moi aussi.

BA-GA-TEL

On a bien raison de dire que, quand on est bête, c'est pour longtemps.

NÉNUPHAR

Exact ! exact !.. tu l'as toujours été.

BA-GA-TEL

Vous voulez parler de Votre Majesté, Sire ?

NÉNUPHAR

Oui ! oui ! justement... mais, dis moi, j'ai des reproches à te faire...

BA-GA-TEL

Je suis curieux de voir ça, par exemple ?

NÉNUPHAR

Je trouve dég...oû...tant, de ta part surtout, d'avoir été fourrer dans la tête de ma fille qu'elle avait besoin d'un mari.

BA-GA-TEL

Comme médecin je constate que c'est nécessaire à sa santé ; comme bouffon je dis qu'il faudra bien que vous lui en dégottiez un, le plus tôt possible.

NIB-DE-RIEN, *du fond au public.*

Il en fait une guele, le patron !

NÉNUPHAR

Tu parles d'or !.. Et moi, que devrais-je dire ?.. écoutes, Ba-ga-Tel, je veux bien consentir à marier ma fille Mimidja, mais à une condition pourtant, c'est que tu parviendras à me faire retrouver mes facultés intellectuelles et mon courage.

BA-GA-TEL

C'est difficile, vu l'âge du... sujet.

NÉNUPHAR

Me prends-tu pour une poire blette ?

BA-GA-TEL

Et vous... vous prendriez-vous pour un jeune homme.

NÉNUPHAR

Je me suis mis ça dans la boule... si tu trouves ce moyen, je te récompense... sinon, je te colle au bout d'un pal... Tu sais bien ce que c'est que le pal... c'est un instrument de supplice sur lequel on asseoit le patient. Sa pointe acérée pénètre peu à peu dans le corps et...

BA-GA-TEL

N'achevez pas, Sire... vous me donnez la chair de poule.

NÉNUPHAR

Alors, tu as compris ?

BA-GA-TEL

Ce sont de vaines menaces, Sire.

NÉNUPHAR

C'est ce que tu verras...

BA-GA-TEL

Mais.

NÉNUPHAR

J'ai dit. *(Il remonte de gauche.)*

BA-GA-TEL, *réfléchissant, à part.*

Il en serait bien capable... *(Haut)* Vous n'avez pas une idée, vieux ramolli ?

NÉNUPHAR, *revenant en scène.*

Cherche et tu trouveras... *(Il remonte.)*

BA-GA-TEL.

On la connaît : « Frappe et on t'ouvrira !...
(Regardant Nénuphar) Oh ! Euréka !

NÉNUPHAR

Tiens ! tu parles auvergnat.

BA-GA-TEL.

Non... c'est du grec.

NÉNUPHAR

Que vient faire ici cette langue aussi morte que
mes facultés... intellectuelles.

BA-GA-TEL

C'est un secret... mais fiez-vous en à la science
de votre médecin... ce n'est pas parce que nous
sommes dans une île actuellement vouée au climat
du pôle Nord, qu'on doit jeter le manche après
la cognée .. ainsi moi... je me sens, malgré ce
froid glacial, plus jeune que jamais.

NÉNUPHAR, *riant.*

Non, laisse-moi rigoler... mais regarde-toi donc
dans une glace !

BA-GA-TEL, *remontant à droite.*

Que vous êtes donc bête !

NÉNUPHAR, *sévère.*

Ah çà ! as-tu bientôt fini de te payer ma tête ?

BA-GA-TEL, *regardant à la cantonade à droite.*

Et vous la mienne... oh ! oh !

NÉNUPHAR

Quoi z'encore ? *(Il remonte regarder.)*

BA-GA TEL

Une barque qui se détache de ce navire qu'on
aperçoit d'ici.. Il y a deux hommes dedans...
l'un paraît être un capitaine de marine, l'autre
un matelot. . Sacré matin ! le matelot a un thermomètre dans le dos.

NÉNUPHAR

Oh ! oh ! c'est vrai, il a un thermomètre dans
le dos...

NIB-DE-RIEN, *venant au milieu et lâchant son plumeau.*

C'est épatant !

KA-BO-CÉ

Il a un thermomètre dans le dos.

NÉNUPHAR (1) ET BA-GA-TEL, *lui donnant un coup
de pied.*

Tiens, celui-là, tu l'as aussi dans le dos, mais
plus bas.

NIB-DE-RIEN. (:) *se reculant en se frottant le derrière.*

Oh ! là ! là ! là ! là ! dans le mille...

KA-BO-CÉ *même jeu.*

Majesté, un coin vous m'avez bouché.

BA-GA-TEL, *qui continue à regarder.*

Oh ! là ! là ! Voila qui est particulier... le capitaine tient une valise d'une main et un revolver à
deux coups de l'autre. L'autre en a deux.

NÉNUPHAR (1)

Le veinard, il en a deux !

BA-GA-TEL, (3) *au fond regardant.*

Des valises à deux coups.

KA-BO-CÉ

C'est sans doute parce qu'il veut faire un long
séjour dans l'île.

NIB-DE-RIEN

Tu l'as dit, bouffi.

NÉNUPHAR, *haussant les épaules.*

A deux coups... des valises ! C'est bizarre !

KA-BO-CÉ

Non, c'est le revolver...

BA-GA-TEL

C'est peut-être un chasseur.

NÉNUPHAR

Un chasseur, je ne crois pas... mais que dirais
tu, si c'étaient des Français ?

BA-GA-TEL, *qui regarde.*

C'en sont.

NÉNUPHAR

Samson... tu les connais donc ?

BA-GA-TEL

Que vous êtes bouché... rien de Dalila !... je dis
c'en sont... c'est que c'en est.

NÉNUPHAR, *ahuri.*

Quoi ?

BA-GA-TEL.

Des Français, parbleu !

NIB-DE-RIEN, *au public.*

Il est roulant !

NÉNUPHAR

Dans ce cas... la fleur doit avoir changé de couleur... *(Il va voir.)* Les Français sont des braves et la fleur... *(Un globe se colore.)* Ça y est !... un pétale commence à se colorer... *(A part.)* Aucun doute, c'est mon pétale.

BAG-A-TEL, *à part.*

C'est le mien. *(Les quatre hommes, en se dandinant, font le tour de la scène en se suivant, Nénuphar, Ba-ga-Tel, les eunuques.)*

CHŒUR

(Musique nouvelle de M. Robert.

Eh ! allez donc,
Je crois qu' c'est pour de bon,
Les Chinois d'viendront,
Mieux que d' simples dindons,
Et l'on verra,
Que l' courage nons r' viendra
Par un miracl' qui se fera.

(Après le tour de scène ils sont placés ainsi : Nib-de-Rien (1), Nénuphar (2), Ba-ga-Tel (3), Ka-bo-Cé. (4) Sur la ritournelle Nénuphar et Ba-ga-Tel dansent en face l'un de l'autre.)

BA-GA-TEL (*)

Sire, je vais au devant des étrangers.

NÉNUPHAR

Pense à ce que je t'ai dit, sinon, gare le pal !

BA-GA-TEL, *sortant.*

Encore *(Au public).* Il en veut. . il en demande !
(Il sort en haussant les épaules.)

SCÈNE IV

Nénuphar, Nib-de-Rien, Ka-bo-Cé, *puis* Mimidja, Belledja, Femmes du harem.

KA-BO-CÉ, *au public* (**).

Il en aura !

NIB-DE-RIEN, *à part, redescendant extrême droite.*

Je ne reconnais plus le patron.

KA-BO-CÉ, *de même.*

Lui qui était mou comme une chique !

NÉNUPHAR, *remontant à gauche.*

Allons tout préparer pour recevoir ces étrangers.

---

* Ca-bo-Cé, 1. Ba-ga-Tel, 2. Nénuphar, 3. Nib-de-Rien, 4.

** Nénuphar, 1. Nib-de-Rien, 2. Ka-bo-Cé, 3.

(*) MIMIDJA, *entrant suivie de Belledja et des femmes.*

Je cherchais après vous, mon père.

NÉNUPHAR, *avec joie.*

Ah ! mon enfant ! tu vois un père qui nage dans un océan de jubilations. *(Il danse à la chinoise.)*

BELLEDJA, *à part.*

Quel est ce changement ? pour sûr son moral est attaqué.

NÉNUPHAR, *l'entraînant vers le case de fleurs.*

Oui, ma fille... la fleur divine a un pétale qui change de couleur.

MIMIDJA, *à part.*

C'est le mien. *(Haut)* Monsieur mon père, j'attends toujours la réalisation de votre promesse de me donner un petit mari.

NÉNUPHAR, *lui caressant la joue.*

Eh ! eh ! c'est le pétale qui te produit cet effet-là ? Eh bien, encore une heure et tu l'auras... il vient, ce petit mari.

MIMIDJA

Quel bonheur, j'en suis toute heureuse !

DUO

COUPLETS (AIR : *La Femme à papa*).

MIMIDJA

N'est-il pas vrai, mon petit père,
Que j'puis fair' l' bonheur d'un mari,
Ce n'est pas un' si grande affaire,
C'est bien facile et c'est permis.
Il me comblera de caresses,
J' m'efforcerai d'en faire autant,
Je serai la rein' des déesses,
Il n'en s'ra qu'plus entreprenant.

NÉNUPHAR

Va pour l'mari, ma Mimidja,
J'té donnerai c'lui qu'tu voudras,
Compte sur la promesse à papa
N'y a pas à dir' voila
Ton mari s'ra bientôt la
Ta ra ta ta, ta ra ta ta,
Barka ! barka !

NÉNUPHAR (?)

Je dois t'avertir, chère fille,
Qu'un p'tit mari n'est pas toujours,
Malgré qu' sa femme soit gentille,
Disposé à rir' nuit et jour ;

---

* Belledja, 1. Mimidja, 2. Nib-de-Rien, 3. Ka-bo-Cé, 4. Nénuphar, 5, au premier plan.

Il en vaut mieux un de grand' taille,
Qui n'soit ni trop maigr' ni trop gras,
Les gros, vois-tu, c'est des feux d'paille,
Des autres faut fair' l' plus grand cas.
Ce sont des coqs, il n'y a pas,
Qui n' rest'nt jamais dans l'embarras
etc.

Crois en ma vieille expérience, mon enfant.

BELLEDJA

Et moi aussi, j'en veux un mari, na !

LES FEMMES

Et nous aussi !..

NÉNUPHAR

Ah çà, croyez-vous que j'ai des maris plein mes poches... du reste faites votre choix, il n'en manque pas dans l'île... des maris.

TOUTES

Ah ! zut !.. alors.

BELLEDJA

Ils sont frais, les cocos !

NÉNUPHAR

Vous murmurez, il me semble.

BELLEDJA

Il y a de quoi, des hommes ratés.

MIMIDJA

Des pendules sans balanciers... C'est vous qui l'avez dit, monsieur mon père.

BELLEDJA

Des locomotives sans charbon.

NIB-DE-RIEN

Ce qu'elles ont raison !

NÉNUPHAR

Qu'est-ce que tu dis, toi ?

NIB-DE-RIEN

Je ne parle pas pour moi, Sire... mais il faut avouer que l'île de Nénuphar en est réduite à la dépopulation à cause de cette maudite fleur.

NÉNUPHAR

Hélas ! c'est d'une exactitude mathématique... et en cas de guerre au premier coup de feu, je verrais fuir mes quelques sujets qui me restent encore, comme des lapins... Cependant, cela doit changer bientôt, cet état de choses ne peut durer.

NIB-DE-RIEN, *à part.*

Nous z'aussi, nous en avons assez d'épousseter sans cesse ces boudha, qui n'ont aucun pouvoir ! *(Il sort à droite.)*

SCÈNE V

LES MÊMES, *moins* Nib-de-Rien *et* Ka-bo-Cé.

BELLEDJA, *à part.*

Il appelle ça un état de choses... Mince de chose ! *(Les femmes remontent boudeuses.)*

NÉNUPHAR, *au public.*

Le vent souffle des îles du Sud... Eh ! allez donc, il y aura prochainement une révolution dans celle que je gouverne... Je la prévois et j'en profiterai... Je n'ai que 62 ans, 6 mois, 2 semaines, un jour, 10 heures, 35 minutes et quelques secondes... et pas déjeté... *(Il pirouette.)* mais je reconnais que mes sujets sont par trop gâteux... *(Haut.)* Allons, mes enfants, ne boudons plus, vous aurez du lolo... des maris, veux-je dire.

TOUTES, *revenant le caresser.*

Ah ! Sire, que vous êtes gentil !

BELLEDJA

D'abord, moi j'en veux plutôt deux, qu'un.

NÉNUPHAR

Mazette !

TOUTES

Oh ! oui, deux !

NÉNUPHAR

Soit, vous en aurez deux.

TOUTES

Quel bonheur !

(Elles parlent entre elles.)

NÉNUPHAR, *à part.*

Moi aussi je m'en paierai deux... les deux plus belles femmes de l'île .. et nous verrons si le pouvoir d'un roi est capable de se faire sentir.

COUPLET

PETIT DUC : *La petite femme part d'un pas discret.*

Je sens dans l'atmosphère,
Un je ne sais quoi,
Et c'est un mystère,
Qui m' met en émoi.
Ces petites filles,
Voudraient, je le vois,
Comm' les femm's de l'île
Trouver sur ma foi
Trouver, trouver, des maris tout de suite,
Pour leur prouver, tu tu tur lu tu tu
(Haut, aux femmes qui se rapprochent.)
Faut encor faire attendr' votr' flamm' subite,
Pour rattraper plus tard le temps perdu. *(bis).*

BELLEDJA

C'est que l'amour nous dicte ses lois, Sire !

NÉNUPHAR, *à part.*

Puces amoureuses, va ! *(Haut)* Allons, en attendant ces maris, partons faire un tour sur la plage... et si réellement le vent vient des îles du Sud... ah ! mes petites chattes, ce que l'on va se tire-bouchonner.

CHŒUR, *en sortant.*

Faut encor faire attendr' notr' flamm' subite
etc.

(Sortie générale à gauche.)

SCÈNE VI

Ba-ga-Tel, Nib-de-Rien, Ka-bo-Cé.

NIB-DE-RIEN, (¹) *entrant de droite avec Ba-ga-Tel et Ka-bo-Cé.*

Faut avouer, seigneur Ba-ga-Tel, que vous n'avez pas de veine.

KA-BO-CÉ (3)

Ça c'est vrai.

BA-GA-TEL (2)

Pourtant je croyais que ces étrangers allaient aborder dans l'île, et rien... peau de balle... et balai de crin !... C'est désolant ! puisque le mauvais sort qui nous est dévolu ne peut changer qu'autant qu'un nouveau venu aborde chez nous. Mon pauv' Nib-de-Rien, affaire ratée !

BA-GA-TEL ( )

Où peuvent-ils bien être passés ?

NIB-DE-RIEN (1)

Ecoutez, je vais surveiller la mer d'ici

BA-GA-TEL

C'est ça, surveille la mer de là.

NIB-DE-RIEN

Et du temps que vous irez voir ailleurs si vous découvrez quelque chose, moi, je ferai le guet et, si je vois poindre quelque chose à l'horrizon, vous serez aussitôt prévenu.

KA-BO-CÉ (3)

Ça vous va t-il, seigneur ?

BA-GA-TEL (?)

Ça va ! *(Il va à la fleur)* Et cette fleur qui a un pétale toujours coloré ; pas d'erreur !... c'est un signe certain, ça.

NIB-DE-RIEN (1)

Si c'était une fausse alerte ?

BA-GA-TEL

Dans ce cas, je serais flambé !

NIB-DE-RIEN, *le tirant à gauche.*

C'est que le patron ne rigole pas avec son médecin.

KA-BO-CÉ, *tirant à droite.*

A moins qu'il ne soit son bouffon...

NIB DE-RIEN, *même jeu.*

Et comme l'un ne va pas sans l'autre.

KA-BO-CÉ, *même jeu.*

Au cas où l'un d'eux serait empalé...

NIB-DE-RIEN, *même jeu.*

L'autre le suivrait de près.

KA-BO-CÉ, *Nib-de-Rien le lâchant.*

De très près même.

BA-GA-TEL, *effrayé.*

Ne me parlez pas de ça, voyez-vous... vous me faites trembler pour... *(Il se tient les fesses.)*

NIB-DE-RIEN

Il faudra bien vous y habituer, à cette idée...

KA-BO-CÉ

Vu que vous êtes deux, en un seul.

BA-GA-TEL

Suis-je assez idiot, d'avoir pris l'emploi de médecin, quand j'étais si bien dans celui de bouffon.

KA-BO-CÉ

Ça, c'est exact.

NIB-DE-RIEN

Cumulard, va !

BA-GA-TEL

Mettez-vous à ma place.

NIB-DE-RIEN

Merci... avant, je ne dis pas, mais à présent.

KA-BO-CÉ

Oh ! non !

BA-GA-TEL

Sans cœurs ! égoïstes ! vous ne pensez qu'à vos sales peaux !

KA-BO-CÉ

Vrai, seigneur vous n'avez pas la trouille !...

NIB-DE-RIEN

Fallait pas qu'y aille !

BA-GA-TEL

Oh ! une idée !

KA-BO-CÉ

Curieux ça ! Voyons l'idée ?

BA-GA-TEL.

Je m'en vais faire un tour sur la plage, avec Ka-bo-cé, si le patron me demande, tu lui diras, Nib-de-Rien, que je cherche le remède promis.

NIB-DE-RIEN

Froussard !

BA-GA-TEL

Si tu étais à ma place, tu verrais. Viens, Ka-bo-Cé. (*Il sort à gauche.*)

KA-BO-CÉ, *à Nib-de-Rien.*

Rigolo, le seigneur Ba-ga-Tel... il sait pourtant bien que le pal est de justice ! (*Il sort.*)

SCÈNE VII

Nib-de-Rien, *seul*

Me mettre à sa place ! merci ! la mienne est petite, mais sûre !.. (*Regardant la gauche.*) C'est égal, le docteur est rudement embêté... il est, comme on dit, dans ses petits souliers... moi je m' gondole ! (*Il rit silencieusement.*) Oh ! oui que j'me gondole !

SCÈNE VIII

Nib-de-Rien, le Capitaine, Thermomètre.

(*Le Capitaine entre de droite, suivi de Thermomètre portant deux valises et paraissant affaissé.*)

LE CAPITAINE, *apercevant Nib-de-Rien, à Thermomètre.*

Quel est cet idiot à plumes ?

NIB-DE RIEN, *sans les voir* (1).

Oh ! oui que je m' gondole.

LE CAPITAINE, *lui donnant un coup de pied.*

Triple gondole ?

NIB-DE-RIEN, *lâchant son plumeau.*

J' connais la marque... touché ! dans le mille ! (*En ramassant son plumeau, il se retourne.*) Tiens ! c'est pas le patron !.. Par Boudha ! C'est les étranglés... les étrangers attendus.

THERMOMÈTRE (3)

Euss' mêmes.

LE CAPITAINE

On nous attendait ?...

NIB-DE-RIEN

J' vous crois... et avec impatience même.

LE CAPITAINE

Alors, va nous annoncer. (*Il parle bas à Thermomètre qui grelote.*)

NIB-DE-RIEN

J' y cours. (*A part*) Du coup, la tête du docteur est sauvée... il en avait de besoin... Mais il me semble que ceux-ci n'ont pas l'air plus crânes que les habitants de l'île... c'est peut-être qu'ils sont gelés aussi... (*Il sort à gauche en saluant à la chinoise.*)

SCÈNE IX

Le Capitaine, Thermomètre.

LE CAPITAINE (1)

Eh bien ! mon brave Thermomètre nous voilà arrivés dans la fameuse île de Nénuphar.

THERMOMÈTRE, *faiblement* (2).

Je le crois... aussi, capitaine.

LE CAPITAINE

Mais qu'as-tu, mon pauvre vieux ?... Tu sembles aussi ramolli que possible... tu t'affaisses considérablement... Retourne-toi que je m'assure ?... (*Thermomètre tourne le dos au public et montre un grand thermomètre qu'il a dans le dos.*) Le malheureux, 15 degrés au-dessous de zéro !

THERMOMÈTRE

Eh bien ! patron, est-ce qu'il serait gelé ?

LE CAPITAINE, *avec inquiétude.*

Pas précisément !.. Mâtin !.. il me semble que j'éprouve les mêmes symptômes... et pourtant... Ah ! chaleur, ce qu'il fait chaud... chaud ! (*Aspirant l'air*) Curieuse, cette odeur !

THERMOMÈTRE

C'est l'fromage de Camembert que j'ai dans ma valise.

LE CAPITAINE, *même jeu.*

Non, c'est l'odeur du... mais oui, du Nénuphar.

THERMOMÈTRE, *même jeu.*

C'est ça, parbleu ! (*Il bâille*). Ah ! je me sens bien malade... quelle honte pour l'ordonnance d'un capitaine de navire aussi fier que vous à l'abordage. (*Il rebâille.*)

LE CAPITAINE, *baillant.*

Aussi fier... oui, parfois ! . Mais pour l'instant nous ne sommes pas d'attaque... il le faudrait cependant.

THERMOMÈTRE, *baillant.*

Ah ! j'ai plutôt envie de dormir... je doute de pouvoir faire une longue étape. (*Il se retourne.*) Combien de degrés, capitaine ? (*Il baille longuement.*)

LE CAPITAINE

Dix-huit degrés au-dessous de zéro ! Malheureux tu te congèles !

THERMOMÈTRE

Mieux que ça !.. il me semble que je suis complètement gelé. Je ne me sens plus... les extrémités... C'est le pôle Nord, capitaine... Je vous jure que c'est le pôle Nord !

LE CAPITAINE

Un peu de nerfs, mille sabords ! tu sais bien que nous sommes venus ici pour nous marier.

THERMOMÈTRE

Nous marier ?.. pourquoi faire ?.. Si vous m'en croyez, capitaine, nous filerons au plus vite, avant d'être complètement ramollis, nettoyés, gelés... Oh ! que j'ai froid !

LE CAPITAINE

C'est curieux, je me sens tout le contraire de toi... et je ne m'en irai pas sans ma femme et toi, sans la tienne, bien entendu.

THERMOMÈTRE

En voilà une blague ! sans la mienne !.. qu'en ferai-je, bon Dieu ?

LE CAPITAINE

Patience !... soyons fermes !

THERMOMÈTRE, *claquant des dents.*

C'est facile à dire... Si vous vouliez, capitaine en attendant le roi Nénuphar XXXIV, si nous allions faire un tour près d'un poêle... Oh ! que j'ai froid !

LE CAPITAINE

Tu es fou !... il y a au moins 3o degrés de chaleur.

THERMOMÈTRE, *remontant.*

Ma foi, je n'y tiens plus... je suis gelé.

LE CAPITAINE

Soit ! cherchons un poêle .. s'il y en a un dans l'île.

THERMOMÈTRE, *grelottant.*

Ah ! que j'ai froid ! Brou ! J'en suis à ne plus savoir si c'est du lard ou du cochon.

(*Il sortent à droite.*)

SCÈNE X

Nénuphar, Nib-de-Rien, Ba-ga-Tel.

NIB-DE-RIEN. *entrant de gauche, suivi de Nénuphar et de Ba-ga-tel.*

V'la les étrangers... boum ! servez chaud !

NÉNUPHAR, *lorgnant.*

Où sont-ils donc ?

NIB-DE-RIEN (1), *cherchant partout.*

Tiens ! ous qu'ils sont passés ?... ça c'est épatarouflant.

BA-GA-TEL (1)

Pour sûr, Sire, Nib-de-Rien a voulu se payer votre poire.

NÉNUPHAR

Ma poire !... Coquin ! Tiens ! v'là une pomme ! (*Il lui lance un coup de pied.*)

NIB-DE-RIEN (3), *l'esquivant et s'éloignant.*

Zéro !..: Ah ! Sire, ils ne doivent pas être loin... je vas les chercher et vous les ramène, morts ou vifs.

NÉNUPHAR

Ramène-les surtout bien vivants...

NIB-DE-RIEN

Bon, Sire... j' ferai pour le mieux... on n'est pas des... pneus.

(*Il sort à droite.*)

BA-GA-TEL

Peut-on être plus idiot que vous !.. Vrai, vous en avez une couche, pour croire que des étrangers sont ici, et que c'est votre pétale qui a changé.

NÉNUPHAR

Puisque je te dis que je me sens transfiguré ! Au reste, je ne démordrai pas de ce que je pense.

Ba-ga-Tel, *qui est remonté, redescendant.*

Sire, je crois que voilà les étrangers en question..

Nénuphar, *regardant et chantant.*

Brigadier, vous avez raison !.. C'est z'eux ! pas de doute, c'est z'eux !

SCÈNE XI

Les Mêmes, *moins* Nib-de-Rien, le Capitaine, Thermomètre.

Thermomètre, *entrant portant ses valises.*

En fait de fourneau, nous n'avons trouvé que des chinois !. et je sens que je suis de plus en plus gelé. (*Apercevant Nénuphar, à part*) C'est sans doute le Roi. (*Saluant*) Sire !

Le Capitaine (4), *saluant.*

Sire !

Ba-ga-Tel (1), *poussant Nénuphar.*

Voyons, vieille cruche, on vous salue.

Le Capitaine, *même jeu.*

Sire !

Nénuphar (2), *ahuri.*

Oui, oui ..

Ba-ga-Tel, *bas.*

Beni Oui, Oui, va... mais allez donc !

Thermomètre, *saluant.*

Sire ! (*A part*) Brou ! que j'ai froid !

Ba-ga-Tel

Ne faites pas attention, Messieurs, il est tellement bouché.

Thermomètre, *à part.*

Bouché ! il est probablement de la Villette.

Nénuphar

Messieurs.

Le Capitaine, *passant au 3.*

Nous déposons à vos pieds nos respectueux hommages.

Thermomètre (4), *grelottant.*

A vos... vos... pieds !...

Ba-ga-Tel (1)

Messieurs, reprenez vos pieds... mais donnez vos hommages.

Nénuphar (2)

C'est cela !... Messieurs, soyez les bienvenus (*Bas à Ba-ga-Tel.*) Voilà un mari pour ma fille.

Ba-ga-Tel, *de même.*

Soyez, Sire... concis.

Nénuphar

Hein... tu dis ?

Ba-ga-Tel

Oui, Sire... concision, tout est là, quand on tient le crachoir.

Nénuphar, *haut.*

Seigneur, à qui que j'ai l'honneur de parler.

Le Capitaine

Le capitaine Anatole Vendebout.

Nénuphar, *à Ba-ga-Tel.*

Ventre mou ! drôle de nom ! (*Haut au capitaine.*) Et l'objet de votre aimable visite... je ne suis pas trop curieux, je pense ?

Le Capitaine

Non, Sire, nous faisons le tour du monde et sommes amoureux.

Thermomètre, *grelottant.*

Oh oui... oui... a... a... moureux (*A part*) et gelés surtout... oh ! que j'ai froid !

Nénuphar

Vous venez pour la changer de couleur... O délire !

Le Capitaine

Vous dites ?

Ba-ga-Tel

Faites pas attention, il a une araignée dans la coupole !

Thermomètre, *à part, au public.*

Je l'pensais ! c'est un sire cuit !

Le Capitaine, *à Nénuphar.*

Si Votre Majesté voulait préciser.

Nénuphar

Facile !.. (*Remontant et l'emmenant devant la fleur.*) Vous voyez cette fleur consacrée à Boudha ?

Le Capitaine

Oui, Sire.

Thermomètre

P'fait'ment, Sire...

Nénuphar

Eh bien, il s'agit de la faire changer de couleur... si elle reste blanche... p'sitt, plus de courage... (*Il passe au 3.*)

Tous, *lugubres.*

Psitt ! Plus de courage !

NÉNUPHAR (3)

Oui, nisco... tandis que si elle devient rouge...
oh ! alors... (*Il se frotte les mains.*)

BA-GA-TEL (1)

Tous les habitants de ce pays deviennent amoureux de leurs femmes et fort comme des Turcs.

THERMOMÈTRE, *au public* (1)

Mince ! c'est ça qui f'rait ma balle ?

LE CAPITAINE (2)

Majesté, expliquez-vous, sans circonlocutions

NÉNUPHAR, *prenant le capitaine et Thermomètre,
chacun sous le bras* (3).

COUPLET

AIR : PÉRICHOLE : *Les Femmes, il n'y a que ça.*

I

C'est une fleur bien singulière,
Qui doit donner force et bonheur,
Pour le moment c'est la misère,
Dans mon il' tout l' monde est en pleurs,
Car les femm's, les femmes,
   Je n' vous dis qu' ça,
Ne se contentent pas de cela,
Pour un' raison, et la voilà :
C'est qu' leur flamm', leur flamme,
   A d' la chaleur
Et l'homme fume, sans ardeur,
   C'est un vrai malheur.

(*Nénuphar remontant vers la fleur et lâchant
le capitaine et Thermomètre.*)

II

Tant que cett' fleur restera blanche,
Nous serons tous sous l' charm' glacé,
En d'venant roug', c'est la revanche,
Du bonheur et de la gaité.
Et les femm's, les femmes,
   Pour sûr c'jour-là,
Ne bouderont plus de cela,
Pour un' raison et la voilà :
C'est qu' la flamm', la flamme,
   Plein' de chaleur
A tous donnera son ardeur !
   Ça s'ra le bonheur !

(*Passant au 2.*) Eh bien ! messieurs, avez-vous
compris ?

LE CAPITAINE

Oui, Sire !

THERMOMÈTRE

Oh, oui !

BA-GA-TEL, *bas à Nénuphar.*

Vous leur avez mis les point sur les *i*, Sire, ils
doivent être à points.

NÉNUPHAR, *bas à Ba-ga-Tel.*

Je le crois aussi ! (*Haut*) Monsieur le Capitaine,
j'aperçois justement ma fille, qui vient de ce côté,

je vous laisse faire sa conquête... réussissez... et
vous aurez sauvé la vie des habitants de l'île...
Viens, Guillaume Tell... Ba-ga-Tel, laissons ces
messieurs tenter l'expérience. (*Il sort à gauche.*)

BA-GA-TEL, *le suivant au public.*

Vieux pompon, va ! (*Il se retourne et salue le
Capitaine et Thermomètre, saluts à la chinoise.*)
(*Il sort à gauche, 2ᵉ plan.*)

SCÈNE XII

Le Capitaine, Thermomètre.

LE CAPITAINE (1)

Eh bien ! que dis-tu de l'aventure, Thermomètre ?

THERMOMÈTRE (2)

Moi, capitaine... rien... que je suis toujours à
zéro.

LE CAPITAINE

Tu vas changer d'allures... attention... il s'agit
d'enlever la position !.. es-tu prêt ?

THERMOMÈTRE, *ouvrant sa valise.*

Non, mais attendez, je vais boire une goutte de
mon baume régénérateur, peut-être alors aurai-je
le courage qui me fait défaut. (*Il prend une bouteille dans sa valise.*)

LE CAPITAINE

Hâte-toi !

THERMOMÈTRE

Je m'hâte, patron ! une goutte seulement (*Il
boit longuement.*)

LE CAPITAINE

As-tu fini ?

THERMOMÈTRE

Oui, oui ! (*Il boit.*)

LE CAPITAINE, *voulant lui arracher la bouteille.*

Voyons, voici venir les sujettes du roi Nénuphar.

THERMOMÈTRE, *buvant encore.*

J'y suis. (*Il remet vivement la bouteille dans la
valise.*) Oh ! chaleur ! chaleur ! Ah ! ça va mieux !..
et je me sens capable de faire les douze travaux
d'hercule !

LE CAPITAINE

Il n'était que temps.

(*Ils remontent un peu.*)

SCÈNE XIII

Les Mêmes, Mimidja, Belledja. *(Entrée des jeunes femmes, en apercevant les jeunes gens elles saluent.)*

Toutes deux, *saluant en baissant les yeux.*

Messieurs.

Le Capitaine, *saluant.*

Permettez, anges de candeur et de beauté, à deux êtres qui vous adorent depuis longtemps de jeter un regard sur vos jolis yeux.

Thermomètre

Oh oui ! *(A part).* Le baume me fait un effet ! *(Se retournant le dos vers le Capitaine.)* Combien de degrés, Capitaine ?

Le Capitaine (3)

Trois, au-dessus de zéro... *(Aux femmes.)* Excusez, Mesdames, ce pauvre garçon était gelé tout à l'heure, mais l'aspect de vos charmes l'a réconforté et maintenant...

Thermomètre (4)

Je ne gèle plus. *(Il s'anproche de Belledja.)*

Belledja, *à part.*

Hein !

Le Capitaine, *à Thermomètre.*

Qu'elles sont belles !

Mimidja, *aux femmes.*

Qu'ils sont gentils !

QUATUOR

Air : *Le jour et la nuit* ; Petite mariée.

Le Capitaine, *à Mimidja.*

Un je ne sais quoi de vous s'élève.
Dès que l'on s'approche de vous.

Thermomètre, *à Belledja.*

Dans le ciel, de l'amour, se lève,
Un rayon de soleil, chaud et doux.

Mimidja

O ! vous me rendez bien heureuse.

Le Capitaine

Il n'y a vraiment pas de quoi !

Belledja

Votre parole est enjôleuse,
Ell' produit son effet sur moi.

Thermomètre

Je sens mon être qui frissonne,
Rien qu'en me mirant dans vos yeux ;

Le Capitaine, Thermomètre

D'un baiser faites-moi l'aumône ?

Belledja, Mimidja.

Plutôt deux ! plutôt deux !

2

Mimidja

Etrangers, si grands et si nobles,

(Ici Thermomètre jette sa chique.)

Vous nous plaisez infiniment,
Notre conduit' n' s'ra pas d'Grenoble,
Cet instant est bien trop charmant.

Belledja

C'est le contraire, on peut le dire,
Près de vous, nous nous ravigotons,
Puis, il doit y avoir à rire,
Ça fait qu'on f'ra de bons gueul'tons.

Thermomètre

Oui ! Comptez sur toute notre adresse.

Le Capitaine

Rien qu'en se mirant dans vos yeux.

Le Capitaine, Thermomètre

Donnez-moi un baiser, ça presse

Mimidja, Belledja

Plutôt deux ! plutôt deux !

(Ils s'embrassent)

Le Capitaine

O ! bonheur !... Et la fleur, où en est-elle ?

Thermomètre

Voyons ça ? *(Ils se retournent tous pour regarder le vase de fleur.)*

Mimidja

C'est curieux... rien encore !

Thermomètre

Quelle bonne blague ! pour ma part je n'y crois pas. *(Se tournant le dos vers le capitaine.)* Capitaine. combien de degrés ?...

Le Capitaine

Quarante !

Thermomètre

Quarante ! *(Entraînant Belledja)* Venez, venez vite ! *(Ils sortent à droite enlacés. A ce moment le bouquet s'éclaire.)*

SCÈNE XIV

Nénuphar, Nib-de-Rien, Ba-ga-Tel.

(Nénuphar entre suivi de Ba-ga-Tel et Nib-de-Rien, de gauche ils sont très agités.)

BA-GA-TEL (3)

Blague dans le coin, Sire, je sens qu'il y a un changement qui s'est effectué dans l'air.

NIB-DE-RIEN (1)

Le seigneur Ba ga-Tel a raison… tenez, mon plumeau dresse ses plumes. *(Il met son plumeau en l'air.)*

NÉNUPHAR (2)

C'est pourtant vrai, je sens en moi quelque chose qui n'est pas ordinaire.

BA-GA-TEL, *montrant la fleur.*

Parbleu ! la fleur a changé de couleur… Vous voilà, à présent, brave comme doit l'être un grand roi.

NÉNUPHAR, *regardant la fleur.*

C'est vrai !… alors, mais alors !…

BA-GA-TEL

Alors !

NIB-DE-RIEN

Alors !…

NÉNUPHAR

Alors, c'est la fête !…

TOUS TROIS, *heureux.*

CHŒUR, FAUST : *Ange pur.*

Anges purs ! anges radieux,
Comm' nous serons bath dans le pieu !
(Ils remontent.)

NIB-DE-RIEN, *continuant de chanter.*

Et c'est cela qui nous étonne.
(Nénuphar revient et lui donne un coup de pied. — La nuit se fait peu à peu.)

NÉNUPHAR

Ah ça, je voudrais bien savoir, où est passée ma fille *(Un silence)* Eh bien, personne ne répond ?… Nib-de-Rien, va chercher la princesse.

NIB-DE-RIEN, *à part.*

Pour sûr qu'elle ne s'embête pas. *(Haut.)* Je veux bien, Sire, si Votre Majesté me l'ordonne.

NÉNUPHAR

Je te l'ordonne !

NIB-DE-RIEN

Alors, j'y vais, Sire. *(A part)* Pour sûr, je vais être mal reçu. *(Il va pour sortir, il laisse tomber son plumeau et le ramasse.)*

NÉNUPHAR

Eh bien ! que fais-tu là ?

NIB-DE-RIEN, *se relevant.*

Rien, Sire, je ramasse mes plumes.

(Il sort.)

NÉNUPHAR, *allant poser la main sur l'épaule de Ba-ga-Tel.*

Eh quoi, Monsieur mon bouffon-médecin, tu ne dis rien ?

BA-GA-TEL, *sursautant.*

Je réfléchissais, Sire !

NÉNUPHAR

Et à quoi donc, triple buse ?

BA-GA-TEL, *très sérieux.*

Si Votre Majesté voulait bien employer avec moi des termes plus choisis.

NÉNUPHAR

Tu as dit ?.. ah çà ! me prends-tu pour une huître.

BA-GA-TEL

Oui, Sire… car l'huître est un mollusque chéri des dames, et vous l'êtes chéri des dames, Sire !

NÉNUPHAR

Tu l'as dit, bouffi… mais ne parle pas si haut !

SCÈNE XV

LES MÊMES, Nib-de-Rien, *puis les* Femmes.

NIB-DE-RIEN, *entrant (2).*

Sire, la princesse Mimidja est en route pour venir, accompagnée de sa suivante, du capitaine et de son matelot… de crânes hommes ! j'vous certifie.

NÉNUPHAR

Qu'on prépare tout pour les bien recevoir.

NIB-DE-RIEN

J'y vole, Sire.

(Il sort.)

BA-GA-TEL, *le regardant sortir.*

Ce que c'est que l'habitude.

NÉNUPHAR (1)

Le changement de couleur de cette sacrée fleur,
sacrée à tourné la bousole à tout le monde.

BA-GA-TEL

Excepté à bibi !

NÉNUPHAR

Ni à bibi !

BA-GA-TEL, *se tordant.*

Pas à vous ? et à qui donc alors, mon Empereur ?

NIB-DE-RIEN, *entrant avec deux lampions.*

Les voilà ! les voilà ! ils arrivent ! ils arrivent
les... lampions !... (*Jour à la rampe, il va les
placer aux bras des Boudha.*)

LES FEMMES, *entrant de droite, se placent en rang
sur le côté droit.*

Nous voici. Sire.

NÉNUPHAR (3)

Très bien, vous complétez le paysage... maintenant procédons à la répétition... (*Montrant un
Boudha.*) Nib-de-Rien, monte là haut et prend la
place de Boudha ! toi, Ba-ga-Tel, fais en autant.
(*Nib-de-Rien et Ba-ga-Tel se précipitent vers le
même Boudha.*) Pas tous les deux dans le même,
cré matin ! (*Les deux hommes se placent chacun
dans un Boudha dont ils renversent la tête.*)

NIB-DE-RIEN

Nous y sommes.

NÉNUPHAR

Eh bien ! restez y.

BA-GA-TEL

Ben, vous savez, Sire, après vous l'amusant !

NÉNUPHAR

Silence ! Voici mon gendre !

SCÈNE XVI

LES MÊMES, le Capitaine, Mimidja. Belledja
et Thermomètre.

CHŒUR

AIR DU PETIT DUC : *Il a l'oreille basse.*

Ils ont la mine fière,
Les gentils amoureux,
Ils ont cell's qu'ils préfèrent
Les voilà bien heureux.
Ils marchent en cadence,
Enlacés deux par deux,
Oui deux à deux.

(*Entrée des amoureux. Ils ont l'air éreintés.*)

Ils ont bien de la chance
Les gentils amoureux.

(*Saluant les couples qui entrent*)

Saluons Leurs Altesses,
Saluons-les très bas,
Saluons sans tristesse,
Les heureux que voilà.

LE CAPITAINE, THERMOMÈTRE

Merci de votre grâce
Nous vous en saurons gré
Nous ne somm' pas de glace }*bis.*
Et vous êt's bien tombé }

CHŒUR

Saluons Leurs Altesses,
Saluons-les très bas,
Saluons sans tristesse,
Les heureux que voilà.
Oui les heureux, (*bis*)
Que voilà là !

NÉNUPHAR

Eh bien ! capitaine, êtes-vous satisfait de votre
visite parmi nous.

LE CAPITAINE

Au point d'avoir le désir d'y rester, et si vous
voulez accepter notre alliance, le nord et le sud
deviendront amis...

BA-GA-TEL. *au public.*

Pourvu qu'ils ne soient pas trop percés, ces
tamis.

NÉNUPHAR (1)

Quelle veine, tous les bonheurs à la fois.

LE CAPITAINE (2)

Et si vous voulez m'accorder la main...

NÉNUPHAR, *tendant sa main.*

Je vous l'accorde.

LE CAPITAINE

Non, pas celle-là, celle de votre fille ?..

BA-GA TEL. *au public.*

Quel melon !... En a-t-il une couche !

NÉNUPHAR

Entendu... accordé...

THERMOMÈTRE (5)

Et à moi, celle de Belledja ?

NÉNUPHAR

Conclu... et je vous bénis, mes enfants, mes
chers enfants.

Nib-de-Rien, Ba-ga-Tel, *tendant les bras pour bénir.*

Nous vous bénissons !

Tous

Amen !

Nib-de-Rien, *descendant de la statue.*

Je m'amène !...

Ba-ga-Tel, *même jeu.*

Et moi z'aussi !

Nénuphar

Triples tourtes ! allez-vous réintégrer vos niches !
*(Nib-de-Rien et Ba-ga-Tel reprennent leurs
places, mais en changeant de côté.)*

Tous

Vive Nénuphar XXXIV.

*(Les jeunes gens s'enlacent, Nénuphar s'appuie
sur deux femmes du harem, l'air vainqueur.)*

FINAL

CHŒUR

Air : *Fleur de thé : buvons,* etc.

Viv' la fleur mystérieuse !
Quell' ne soit plus capricieuse,
Ell' vient d' changer de couleur
Me donnant l'amour et l' bonheur.
Ah ! ne sois plus capricieuse,
Deviens plutôt oublieuse,
En n' changeant plus de couleur,
Tu f'ras notr' bonheur ! notre bonheur ?

RIDEAU

Vannes. — Imprimerie LAFOLYE, 2, place des Lices, 4527-1901

AUTEURS	TITRES DES ŒUVRES	Hommes	Femmes	Prix nets
Lebreton-Duroc	Entresol d'Eugène d	4	6	loc.
Garnier-Vallès	Erreur de Bridouille (L')	3	2	loc.
Banès	Escargot (L')	2	3	6 »
A. Pajol	Esprits d'Argenteuil (Les)	5	2	loc.
D. Dihau	Éternel roman (L')	1	1	4
Garnier-Vallès	Exploits de Malichard Les	6	4	loc.
L. Bouvet-Ch. Darantière	Extras de Balochard (Les) d	4	4	loc.
St-Paul-G. Rose, fils	Fais ça pour moi	3	2	loc.
F. Beauvallet	Faites le jeu, Messieurs d	3	1	loc.
Moreau-Gramet	Famille Ritouche (La)	3	4	loc.
Lebreton-Moreau	Farces du Printemps (Les) d	6	4	loc.
St-Agnan Choler	Faut du prestige (vaud.) d	3	2	loc.
Lebreton-Duroc	Faut que j'casse la g. à Baptiste d	5	3	loc.
Flers	Femina d	troupe	»	loc.
Ch. Gabet	Femme de Valentino (La) d	2	2	loc.
F. Chaudoir	Fête à Claudine (La)	1	1	4 »
E. Dubern	Fête à M. le Maire (La)	5	2	4 »
Dorfeuil-Bouvet	Fiancé des Nourrices (Le) d	4	5	loc.
Javelot	Fiancés berrichons (Les)	1	1	3 »
Soulié	Fiancés du bonnet de coton (Les)	1	1	5 »
L. Vasseur	Fichue idée d	2	1	5 »
Brigliano-Talber	Fichue situation d	4	4	loc.
Liouville	Fièvre phylloxérique (La)	3	2	4 »
Bertrié	Fille du charpentier (La)	3	1	5 »
Lebreton-Moreau	Fille du marin (La) d	8	7	loc.
Bouvet, Nozdri, E. Hervé	Filles de Corneville (Les)	4	7	loc.
Lebreton-Soudant	Filles de la Cantinière (Les) d	7	4	loc.
Lebreton-Moreau	Fils à Papa (Le)	4	7	loc.
Chaulieu et Bataille	Fils de M. Alphonse (Le)(vaud.)d	5	2	loc.
Duroc-Maillait	Five O'Clock de la Baronne	7	2	loc.
Villebichot	Fleuriste et typographe	1	1	5 »
Lebreton-Talber	Foire aux nichons (La) d	7	7	loc.
Pradels-Quinel	Fosse aux ours (La)	4	4	loc.
Lemonnier	Françoise les bas bleus d	troupe	»	loc.
Moreau-Soudant	Francs-tireurs de la mort (Les)	troupe		loc.
Lebreton-Heissier	Frangine (La) d	7	6	loc.
Lévy-Merset	Fantrognon d	8	11	loc.
Lebreton-Moreau	Frère de lait (Le)	1	2	4 »
Carin-Tomy	Friper's and Cᵒ d	5	9	loc.
Lebreton-Moreau	Friquet d	9	7	loc.
Cieutat	Furet (Le)	»	1	4 »
Moreau-Touzé	Gai gai mariez-vous !	4	3	loc.
Moreau-Darsay	Gaîtés du bastion (Les)	5	3	loc.
Seraine	Garde champêtre de Corneville (Le)	1	»	1 »
Lebreton-St-Paul	Gontran se marie	3	2	loc.
Froyez-Colias	Grand Duc Moleskine (Le) d	6	6	loc.
Lefort	Grand papa de la chanson (Le)d	1	1	3 »
Lebreton-Blairat	Grenouille (La) d	4	2	loc.
Hervo-Merki	Grève des Boulangers (La)	5	»	1 »
Moreau-Marcus	Grève des facteurs (La)	2	2	loc.
M.-Brisac	Guerre aux hommes (La) d	6	7	loc
Lebreton-Nicolaie	Gueule d'Or d	6	6	loc.
Lebreton-Moreau	Héritière des Carapattas (L') d	8	8	loc.
Villebichot	Hirondelles de la rue (Les)	»	2	3 »
Lebreton-Blairat	Homme pâle (L') d	4		loc.
Lebreton-Duroc	Hôtel d'Artistes d	troupe	»	loc.
Lebreton-Duroc	Hôtel de Noblepanne d	4	4	loc.
Darantière et Bouvet	Hôtel du lac bleu (L') d	7	6	loc.
Bourel-Hervé-Josl.	Hôtel modèle d	7	7	loc.
E. Barbé-de Téramond	Huissier des beaux jours (l')	3	2	loc.
Antigeon-Dourel	Hypnotiseur malgré lui (L') d	3	2	loc.
Moniot	Jacotte	1	1	5 »
Liger-Aubrun	J'ai perdu Virginie	3	1	loc.
Nargeot	Jeanne, Jeannotte et Jeanneton d	2	3	8 »
Michiels	Jeique et Trinne	1	1	4 »
Lebreton-Soudant	J'épouse ma bonne d	5	4	4 »
A. Perronnet	Je reviens de Compiègne	»	1	4 »
Yvel	Jeune homme du Tunnel (Le)d	3	3	loc.
Bernicat	Jeunesse de Béranger (La) d	3	1	6 »
Lebreton-Moreau	Jocrisses du mariage (Les)d	troupe	»	loc.
B. Lebreton	Joies du divorce (Les) d	troupe	»	loc.
L. Collin	Journée aux soufflets (La)	1	1	4 »
Fransois-Derys	Jules d	1	1	loc.
Herpin	Ki-Ki-Ri-Ki d	troupe	»	loc.
Soudant	Lâchée	5	1	loc.
Desormes	Leçon de musique (La)	1	1	4 »
J. Clérice	Léon d	troupe	»	loc.
A. de Lorde	Lettre (La) d	1	2	loc.
Cazeneuve	Loi du pal (La) d	troupe	»	5 »
Herpin	Lune de Miel (La) d	troupe	»	loc.
L. Péricaud et Villemer	Lune de Miel normande	1	1	4 »
Moreau-Gramet	Ma Colonelle	2	2	loc.
Clairville fils	Madame la baronne d	1	1	4 »
Wachs	Madame le docteur	2	1	4 »
V. Roger	Mademoiselle Louloute	2	2	5 »
Bessière-Marbrier	Maire et Martyr d	3	2	loc.
Talexy	Maître Grelot	4	1	7 »
Bouvet	Major Purjotin (Le)	4	3	loc.
Moyne-Jacoutot	Mamzelle Claudinette d	3	2	loc.
Par Nemo-Celval	Mamzelle Culot. c	troupe	»	loc.
De Lajarte	Mam'zelle Pénélope d	3	1	7 »
De Champclos-Jacquin	Mamz'elle Puryné	3	1	loc.
Fransois	Mandat (Le) d	7	3	loc.
Jouhaud	Mariages riches	1	1	3 »
Moniot	Marianne et Jeannot d	1	2	8 »
Tollet-Frot	Marié sans l'être	4	»	3 »
Moreau-Duroc	Maris jaloux (Les)	5	2	loc.
Simiot	Mariés de Nanterre (Les)	1	2	4 »
Beissier-Sciama	Mars et Vénus	3	2	loc.
Moreau Boucherat	Médjidié (Le)	3	1	loc.
Gresset-Bernard	Méfiez-vous d'Oscar d	3	2	loc.
E. André	Melon (Le) (monologue saynète)	1	»	2 »
Moreau-Darsay	Ménage Poire (Le)	2	2	loc.
Desormes	Menu de Georgette (Le)	3	2	8 »
Ch. Gabet	Mérite des femmes (Le) d	4	4	loc.
Soudant-Moreau	Mimi Vadrouille	troupe	»	loc.
Lebreton-Moreau	Miss Kissmy d	5	5	loc.
Beissier	Miss Million d	troupe	»	loc.
Bessier-Moreau	Môme aux Camélias (La) d	troupe	»	loc.
Bessière-Ruffier	Môme aux grands yeux (La) d	5	6	loc.
Chassaigne	Monsieur Auguste d	1	1	3 »
Garnier-Vallès	Monsieur ma belle mère	2	3	loc.
Lebreton-Moreau	Monsieur Sans Gêne d	troupe	»	loc.
Blairat-Neuillet	Mouche (La) d	5	7	loc.
Moreau-Touzé	Mouche du Coche (La)	4	2	loc.
Joly	Myope et presbyte d	1	1	4 »
Desormes	Nègre de la Porte St-Denis (Le)	3	3	3 »
Dorfeuil-Moreau	Nez de Cyrano (Le) d	troupe	»	loc.
F. Barbier	Nez enchanté (le)	1	1	3 »
Lebreton-Blairat	Ninie la Rouquine d	5	3	loc.
Herpin	Noce à Grospoulot (La)	5	7	loc.
F. Barbier	Noce à Suzon (La)	1	1	4 =
L. Collin	Noces d'or (Les)	2	1	5 »
Bouvet-Darantière	Nos bons touristes d	5	4	loc.
Lebreton-Beissier	Nos Marsouins en Chine d	7	4	loc.
Moreau-Gramet	Nos petites Chattes	3	3	loc.
Dorfeuil-Guillemaud-Dubernois	Nos pioupious d	6	4	loc.
Lebreton-Moreau	Nos voisins d	6	6	loc.
V. Roger	Nourrice de Montfermeil (La)	2	3	6 »
Ch. Gabet	Nouvel Achille (Le) (vaud.) d	5	1	loc.
Touzé Prod'homme	Nuit de Noces de Beauflanchet	6	4	loc.
Jacobi	Nuit du 15 octobre (La) d	3	1	6 »
A. de Lorde	Old Nubian's Black !	1	2	loc.
	Oncle et Neveu	3	»	3 »
Louis Bouvet	Oncle Maboulin (L')	4	4	loc.
Marc-Sonal-Gréhon	On demande des jolies femmes	6	11	loc.
Bessière-Ruffier	Ordonnance Bezuchet (L')	2	2	loc
St-Paul-G. Rose, fils	Ordonnance malgré lui	3	2	loc.
Berthelot-Roland	Othello chez Thaïs d	4	10	loc.
Pacra Emmecé	Où est le père	8	4	loc.
Dufis	Paille et la Poutre (La)	»	2	6 »
Billemont	Pantalon de Casimir (Le)	1	1	6 »
A. Petit	Par autorité de Justice d	7	9	loc.
Dorfeuil-Moreau	Paris aux Courses d	troupe	»	loc.
F. Barbier	Par la fenêtre	1	1	4 »
Lambert-Lebreton	Par la Gymnastique d	2	2	loc.
Henry Moreau	Partie de Campagne d	troupe	»	loc.
Ed. Lhuillier	Pasquinette	1	1	3 »
Bénédite-Jaucourt	Le pays Vierge d	8	4	loc
Moreau-Darsay	Pension Carabin (La)	5	4	loc.
Albert Lambert	Père Suroit (Le) d	3	1	loc.
Offenbach-Roques	Péri-Colle (Parodie de Périchole)	2	1	2 50
Perrault-Maty	Perruche de ma femme (La) d	4	3	loc.
Tréblat-St-Cyr	Personne (drame en 5 minutes)	2	1	1 »
Bouvet-Schmoll	Petit Assommoir (Le) d	6	6	loc.
L. Collin	Petit Spahi (Le)	3	3	5 »
Lebreton-Moreau	Petite baronne (La) d	6	9	loc.
Linas	P'tite bête vit encore (La) d	1	1	4 »
Lebreton-Moreau	Petite colonelle (La) d	7	3	loc.
id.	Petites Menichons (Les) d	troupe	»	loc.
A. Petit	Petits lapins (Les) d	4	9	loc.
Mourey et Jimbu	Petits Trottins (Les) d	5	6	loc.
Lebreton-Moreau	Petits Zouzous (Les)	troupe	»	loc.
J. Clérice	Phrynette d	5	9	loc.
André	Picotin (Le)	1	2	loc.
Lebreton-Beissier	Piston de Clémentine (Le)	3	2	loc.
H. Alavoine	Plumechat et Cie d	4	6	loc.
F. Barbier	Points jaunes	1	1	5 »
Desfossez-Piccolini	Pommes d'amour (Les)	6	4	loc.
Cinoh-Verdellet	Pompier d'Endoume (Le)	troupe	»	loc.
Gresset-Bernard-Letorey	Pompier d'Ernestine (Le) d	2	2	loc.
Antigeon-Dourel	Poste restante 222 d	4	3	loc.
F. Barbier	Poupée automate (La)	1	1	5 »
St-Paul-G. Rose, fils	Pour avoir la fille	4	3	loc.

AUTEURS	TITRES DES ŒUVRES	Hommes	Femmes	Prix nets
Fay	Pour qui le gosse ?	2	3	loc.
A. Lambert	Première brouille (La) comédie	»	1	1 »
Couturet	Premières amours d	4	1	loc.
F. Barbier	Premières armes de Parny (Les)	1	3	5 »
G. Rosefils-H. Ryvez	Prestige de l'uniforme (Le)	4	2	loc.
Moreau	Professeur de chant (Le)	1	1	3 »
De Ste-Croix	Pygmalion d	1	2	4 »
Garnier-Héros	Queue du Diable (La) d	troupe	»	loc.
Delilia-Héros	Qui va à la Chasse	2	2	loc.
L. Collin	Qui se dispute s'adore	1	1	3 »
Ch. Lecocq	Rajah de Mysore d	troupe	»	8 »
Villebichot	Réponse du Berger (La)	1	1	4 »
Moche	Retour de Colombine (Le)	2	1	4 »
Jacontot	Retour de Kerdrec (Le)	2	1	4 »
Meugé	Retour de Margotte (Le)	1	1	4 »
L. Collin	Retour de Musette (Le)	1	1	4 »
Autigeon-Dourel	Revanche de Verluisant (La) d	5	2	loc.
Autigeon-Dourel-Roydel	Revenants (Les) d	3	3	loc.
Marsèle-A. de Lorde	Rêves d'un soir d	1	1	loc.
St-Paul	Revue interdite	4	4	loc
Lhuillier	Risette	»	1	1 »
Ch. Thony	Robes et Manteaux d	5	9	loc.
F. Chaudoir	Roi Claquette (Le) d	3	3	6 »
Desormes	Roland furieux	3	1	5 »
L. Desormes	Romance impossible (La)	2	»	2 »
Busnach	Rosière de Valentino (La) d	2	3	loc.
Michiels	Rosière d'Interlaken (La)	1	1	4 »
Ch. Gabet	Ruy Black (v) d	»	6	loc.
Claments	Saint-Yvon (La) d	2	1	5 »
Ch. Lecocq	Sauvons la caisse d	1	1	6 »
Malrat-Febvre-Rounamy	Septième Escouade (La) d	8	7	loc.
Darantière-Bouvet	Sergent Sans-Souci (Le) d	6	6	loc.
R. Planquette	Serment de Mme Grégoire (Le)	1	1	8 »
Lebreton-Soudant	Serment du marin (Le) d	4	2	loc.
Lebreton-Moreau	Signe de Léda (Le) d	8	8	loc.
Ouvier	Simone et Boquillon	2	1	5 »
Lebreton-Duroc	Soir de Noce d	4	4	5 »
Mailfait	Soirée bourgeoise	2	2	loc.
Leserre	Soirée d'amateurs, pochade	5	»	1 »
Lebreton-Moreau	Soldat !	5	5	loc.
Bernard-Gresset	Souffleur par amour d	3	1	loc.
Meyan	Soupirs du cœur	3	2	5 »
Ch. Malo	Souviens-toi de Clémentine	2	1	4 »
Moreau-Darsay	Spiritisme des Familles	4	4	loc.
Tac-Coen	Suzette, Suzanne et Suzon	1	5	loc
Levavasseur	Tante d'Amérique (La)	3	3	loc.
Wachs	Tata chez Toto	2	1	4 »
Lemoereur et Primard	Témoin (Le)	3	1	loc.
Lambert-Lebreton	Terre-Neuve d	3	5	loc.
Marc Sonal	Théophile	2	1	loc.
Chassaigne	Toc	2	2	loc.
Hervé	Toinette et son carabinier	2	1	5 »
Bessier-de Gorsse	Tonton d	3	3	6 »
Wachs	Totor et Titine	1	1	loc
Hubans	Tour de Moulinet (Le) d	2	1	8 »
Cartier	Train des Maris (Le)	2	2	4 »
Moreau-Duroc	Tranquil'hôtel	5	4	4 »
Moreau-Darsay	Trente mille francs par an	2	2	loc.
Lebreton-Moreau	Treize jours d'un Parisien (Les) d	troupe	»	loc
id	Treizième spahis (Le) d	troupe	»	loc.
Ch. Gabet	Trésor des Dames d	2	1	loc
Lebreton-Moreau	Trio de troupiers d	7	5	loc.
Lebreton Térmond	Trois Gosses (Les)	4	4	loc.
Bouvet	Trois hercules pour une femme	3	2	loc.
Bessière	Troisième du trois (La)	6	6	loc.
Lebreton-Moreau	Trois Maçons (Les) d	4	2	loc.
Lambert-Lebreton	Truc du Pharmacien (Le)	4	1	loc.
L. David	Tu l'as voulu d	3	1	6 »
Héros-Jost	Tziganie dans les Ménages (La) d	troupe	»	loc.

AUTEURS	TITRES DES ŒUVRES	Hommes	Femmes	Prix nets
Javelot	Un amour d'épicier	2	1	4 »
Cardet-Lannoy	Un bon ami	2	1	loc.
D. Fay	Un bon tuyau	9	4	loc.
P. Henrion	Un charcutier dans les fers	1	1	4 »
Chassaigne	Un Coq en jupons	1	1	4 »
Banès	Un do malade	2	1	5 »
	Un domestique pour rire	1	1	4 »
Moreau-Gramet	Un dragon pour deux	3	2	1 »
G. Laurens	Un futur sur le gril	2	1	4 »
Ch. Malo	Un gendre à poigne	2	2	5 »
H. Levavasseur	Un grand criminel	4	2	loc.
Pericaud	Un hercule qui ne veut pas se rouiller	2	1	4 »
St Paul	Un jour d'audace	4	2	loc.
Cambillard	Un mariage à la force du poignet	1	1	3 »
Ch. Malo	Un mariage au flageolet	1	1	4 »
Dauphin	Un mariage en Chine d	4	1	6 »
F. Bernicat	Un mari à l'essai	1	1	4 »
Pericaud	Un mari en grande vitesse	3	1	4 »
L. Collin	Un mauvais conscrit	2	»	4 »
Blanchard de la Bretèche	Un mois de clou d	3	2	loc.
Chassaigne	Un 1er jour de ménage	1	1	4 »
F. Barbier	Un souper chez Mlle Contat	»	2	5 »
Bernicat	Une aventure de la Clairon	2	2	6 »
Lebreton-Blairat	Une Consultation d	4	3	loc.
Garnier-Vallès	Une drôle de Marquise	5	3	loc.
E. André	Une étoile d'antichambre d	2	1	5 »
Touhaud	Une femme du quart de monde	2	1	4 »
Villebichot	Une femme qui bégaie d	3	2	6 »
L. Roques	Une femme tombée du Ciel	1	1	5 »
Villebichot	Une fille à trucs	3	1	4 »
Liouville	Une fille en loterie	2	1	4 »
Touzé-Monjardin	Une intrigue chez les Mouchamiel	2	1	loc.
Desormes	Une lune de miel normande	1	1	4 »
L. Collin	Une mariée sans mari	1	1	4 »
Ed. Lhuillier	Une marine à la vapeur	1	1	3 »
Desormes	Une mauvaise connaissance	3	2	5 »
Moreau-Darsay	Une mauvaise nuit	2	2	loc.
Moreau-Dorfeuil	Une nuit de Paris d	troupe	»	loc.
Bouvet-G. H.	Une nuit chez les Grafouillet d	4	3	loc.
Duhem	Une partie à Robinson	2	2	4 »
L. Martin	Une partie de pêche	5	4	loc.
Wachs	Une pleine eau à Chatou	2	1	4 »
Bernicat	Une poule mouillée	1	1	4 »
Lebreton-St-Paul	Une Rosserie	2	2	loc.
De Paniagua	Une sale Histoire d	2	2	loc.
Chassaigne	Une table de café	2	»	4 »
Robillard	Une tempête conjugale	1	1	4 »
Liger-Aubrun	Urticaire (L')	4	1	loc.
R. Planquette	Valet de cœur (Le)	1	1	4 »
J. Walter	Végétariens (Les) d	7	2	loc.
Robillard	Vengeance de Ramolli (La)	2	1	4 »
L. Roques	Vénus infidèle (Retour de Mars) d	1	2	4 »
Autigeon	Vie de garçon (La) d	8	6	loc.
Lebreton-Moreau	Vierges du chahut (Les) d	5	10	loc.
Desgranges	Vieux Sorcier (Le) d	1	2	loc
Lebreton-St-Paul	Vingt-cinq minutes d'arrêt	2	2	loc.
Surati-Planquette	Vingt-huit jours de Champignoulette d	6	4	loc.
Vallès-Talher	Vingt-huit jours de Gorenflot (Les)	7	3	loc
Ratcée-Bordeaux	Vive la Classe d	6	8	loc.
Normand-Vallès	Vive les Bleus	7	4	loc.
Lebreton-Moreau	Vocation d'Isoline (La)	1	2	5 »
Jacobi	Voilà l'plaisir, mesdames	1	1	4 »
Ch. Hubans	Voiture à vendre d	2	»	4 »
Lebreton-Moreau	Volontaire du 92 (1er) d	7	2	4 »
Tac-Coen	Volontaire et vivandière	1	1	4 »
P. Talber-Delattre	Volupté des dames (La)	4	3	loc.
Guy-Nory-Marius	Zidore d	6	7	loc.

Livrets d'opérettes et de vaudevilles, net : 1 franc.

Vannes. — Imp. Lafolye. — 4501-1901

9 782019 930691